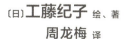

工藤纪子幸福之旅系列

小休和阿兜

美味王国的冒险

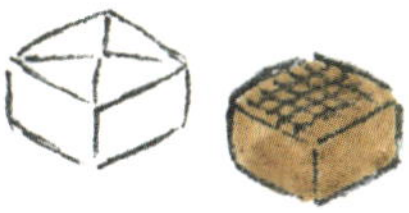

〔日〕工藤纪子 绘、著
周龙梅 译

海天出版社
HAITIAN PUBLISHING HOUSE
· 深圳 ·

美味王国的冒险

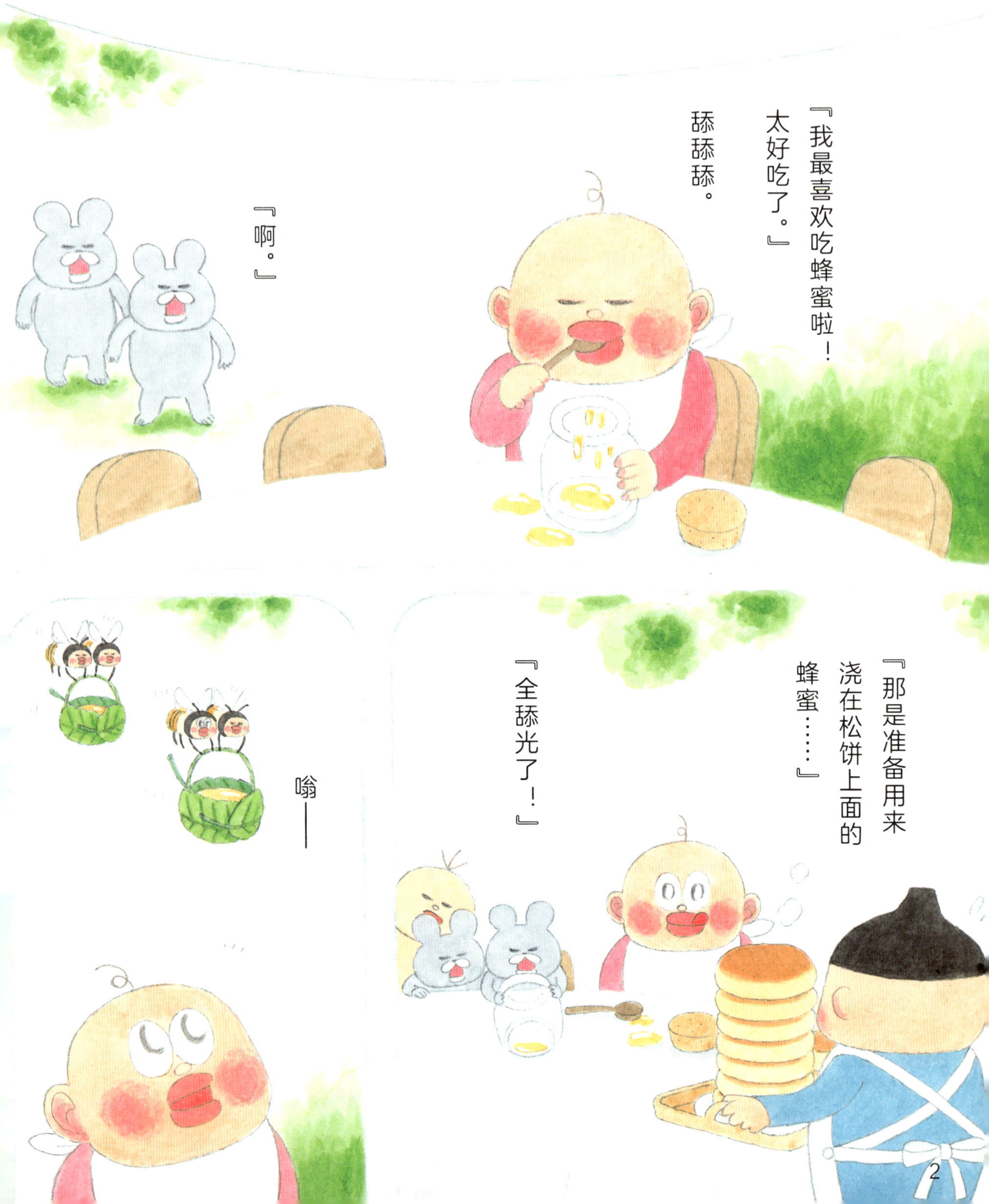
「我最喜欢吃蜂蜜啦！
太好吃了。」
舔舔舔。
「啊。」
「那是准备用来
浇在松饼上面的
蜂蜜……」
「全舔光了！」
嗡——

「小蜜蜂，把你们的蜂蜜给我一点儿吧。」
「可以啊。这可是魔法蜂蜜。」
「哇啊，真好吃啊！」
「魔法蜂蜜，是怎么回事呢？
嗯？」
刺溜溜溜溜。
「一吃下去，身体就会缩小的。」
「哇啊，真好玩儿，也给我吃一口吧！」
「我也要！」
刺溜溜溜，
刺溜溜溜溜。

『来，我们带你们去一个美好的地方。请骑到我们背上来吧。』
『哇！』
『小休也上来吧。』
『等等，等等，等一下。』
嗡——
嗡——
『出发了！』

「我的点心还没吃完呢，我得带上。」
「请抓住了哟。」
呼——
「哎哟。」
一歪。
「哇——」

扑通——

『哎呀，今天的点心
是看上去好像很好吃的小休。
我要吃了——』
『等等，
请等一下！』

『小休没什么好吃的，不好吃的哟。
给你，松饼，全给你吃了吧。』
『嗯，好吃，好吃，啊呜啊呜。
不过，我肚子还没吃饱呢。』
『虽然离晚餐的时间还早，但还是把小休做成晚餐吃了吧。』
『哎呀！』
『嗯？』

刺溜溜溜溜。
『原来是魔法蜂蜜
溅到松饼上面了！』
『啊。』
『小蜘蛛——
睡一晚，
就能恢复原样了。』
『看啊，
快到了。』

『欢迎各位光临花田！蜂蜜蛋糕刚刚出炉。来，派对开始了。用蜂蜜果汁来干杯吧！』

『干杯！小蜜蜂，谢谢你们的邀请。』

蜂蜜蛋糕和蜂蜜果汁都很甜，也很美味，大家吃得好饱好饱。

卷心菜田里的青虫

大家出发去菜田。
『不知卷心菜长得怎么样了？要让阿兜给我们做肉馅圆白菜卷！』
『啊。』
『被青虫吃了，到处都是洞洞！』
瞪大眼睛。
呼——呼——

「这里是小休的卷心菜田哟。」

「哇——哇——」

「也许是小休的卷心菜田，可也是我们的家啊。」

「因为我们没有别的地方可去啊。」

「哇——哇——」

听到这些，小休也觉得可怜起来。

「那好吧，你们可以住在卷心菜里。不过不要把小休的那份吃了啊。」

「嗯——好的——」

啊呜啊呜，青虫大口大口吃了起来。

后来，又过了一些日子……
『哎？怎么一条青虫也没有了？』
『喂——小休——』
『嗯？』
『小休，是我们啊。我们吃足了卷心菜，都变成蝴蝶了。』
『小休，谢谢你了。』

『为表示谢意，
我们给你跳支舞吧。』
呼扇，呼扇，呼扇，
呼扇，呼扇。

春天里
一个美好的日子。

感谢你们的樱桃

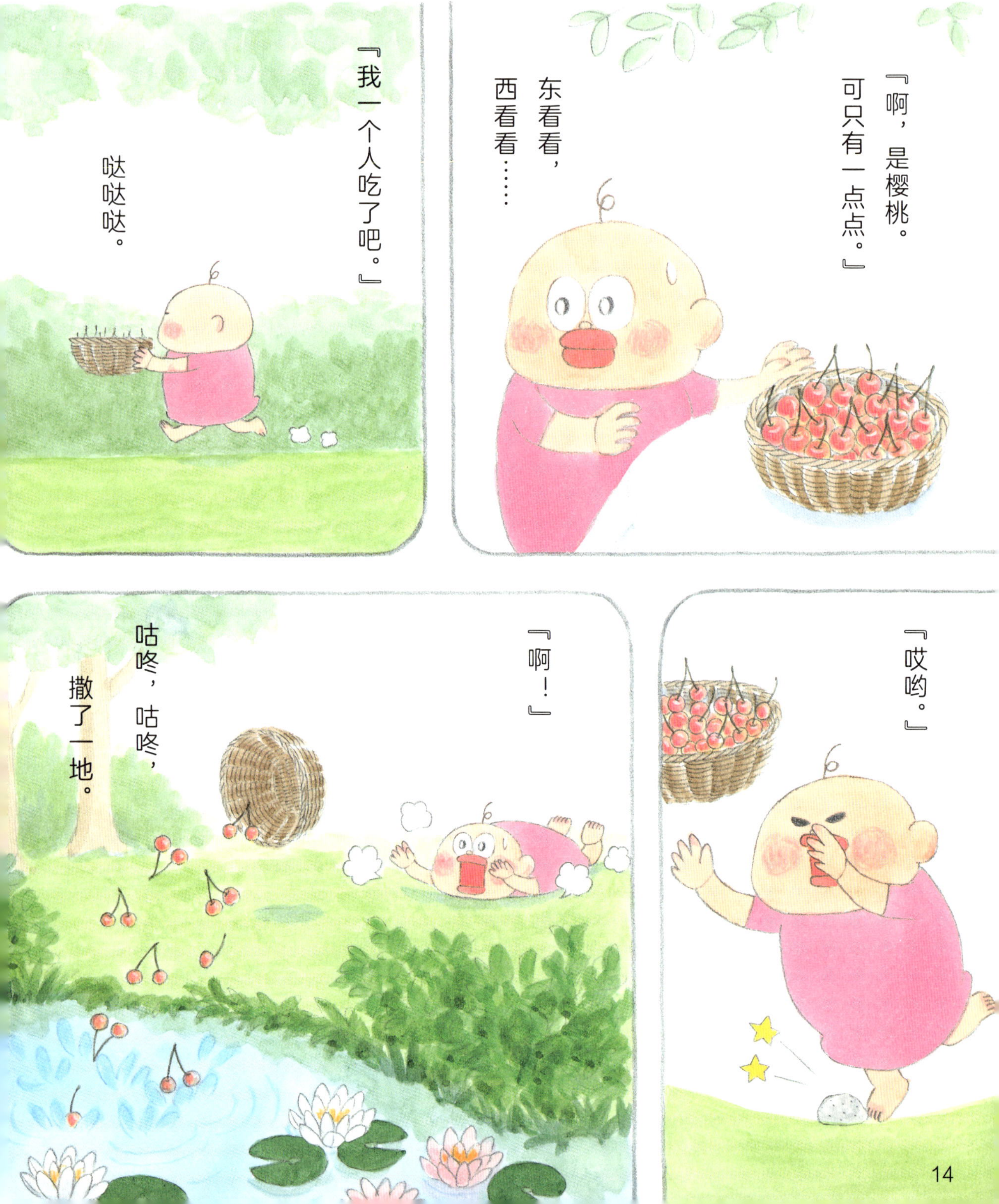
『啊，是樱桃。可只有一点点。』
东看看，西看看……
『我一个人吃了吧。』
哒哒哒。
『哎哟。』
『啊！』
咕咚，咕咚，撒了一地。

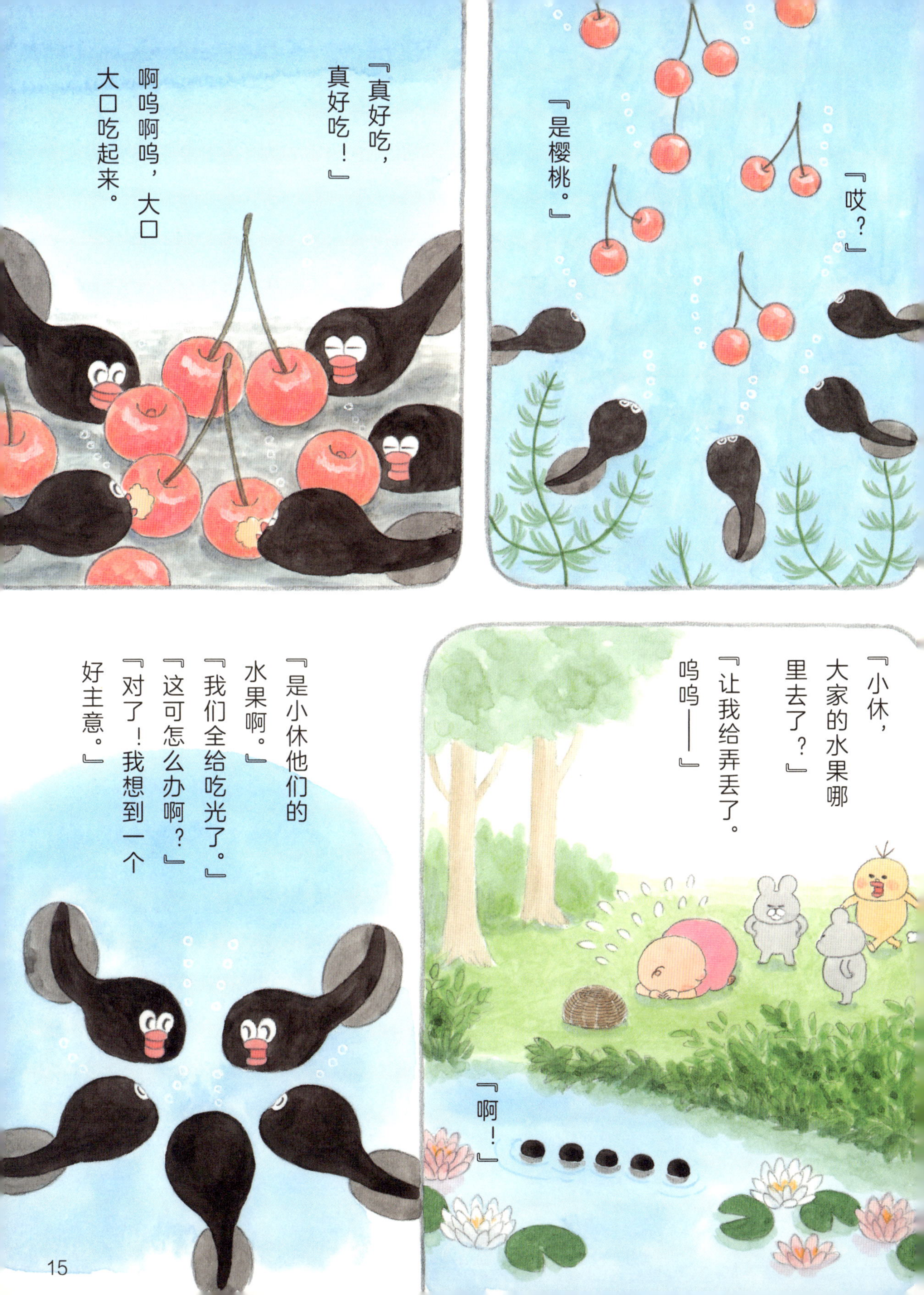
「哎？」
「是樱桃。」
「真好吃，真好吃！」
啊呜啊呜，大口大口吃起来。
「小休，大家的水果哪里去了？」
「让我给弄丢了。呜呜——」
「啊！」
「是小休他们的水果啊。」
「我们全给吃光了。」
「这可怎么办啊？」
「对了！我想到一个好主意。」

过了几天之后的一个下午。
『来信了——小休的信。』
『谁寄来的呢?』
『请柬:
请大家都到睡莲池来吧。』
请大家都到睡莲池来吧。
『欢迎各位光临!』
『谢谢你们上次的樱桃了。
我们那时候还只是蝌蚪,现在终于变成青蛙了……』

『今天，为了感谢你们的樱桃，我们为大家举办一场音乐会。同时还请大家尽情品尝莲花茶和莲子饼干。现在我们要唱一首歌《好吃的樱桃》。』

呱呱呱，呱呱呱，呱呱，呱。

水池边

一个愉快的下午。

最喜欢吃黄瓜了

「今天也摘了好多好多黄瓜。」
「每天都是黄瓜，黄瓜……」

「黄瓜，我已经吃腻了。」
「黄瓜不是很好吃的吗？」
「泡在河水里，凉凉的，和中午的饭团一起吃吧。」

「今天，河水里还泡了一个好东西。」
「是什么呢？」
「上钩了！」

「今天也钓了不少鱼。」
「哇啊！」
「每天都是鱼，鱼……我已经吃腻了。」

嗅嗅。
「哎？」
「从那边飘来了香味儿……」

「啊，好香啊！」
「啊，好香啊！」

「我们来交换吧。」
「哇，是鱼啊！」
「黄瓜是我们河童最爱吃的东西。」
「喂，你们好。」
「你们好。黄瓜有很多，我们一起来吃吧。」

「还有这个，
也是冰冰凉的。」
阿兜把网从河里
提起来，
里面装的是……

「啊，是西瓜！」
「太棒了！」

夏日里
愉快的一天。

圆圆的年糕团子

『今天要做好多好多年糕团子。』
『把年糕揉成圆圆的团子。啦啦啦。』
悄悄……
『哎？怎么少了这么多?!』
『年糕团子，年糕团子，啦啦啦。』
『好像很好吃！』

『哎？
吃不到。』
『对了。』
『这样就……』
『哎？』
『啊！』
『年糕团子，
真好吃！
啊呜啊呜
啊呜。』
『哇——
那是我的年糕团子——！』
『哎？』

「啊，小休在
这儿呢。
哎？你怎么了？」
「我们把小休的
年糕团子吃了。」

「没关系的，
小休。
你看——
锵——」

「年糕团子！」
「我又做了好多
好多呢。
来，大家一起到
望月山上去吧！」

嘭嘭嘭，
嘭嘭嘭。

大大的月亮
升起来了。

大家一起愉快地
赏秋月。

大家一起过圣诞节

今晚是圣诞节。大家在市场里买了各种各样的东西。
『还买了好多好多漂亮的装饰。』
『哎？小休怎么跑到前面去了。』
『哇啊——』
『快快地滑呀！』
咣当！

『哎呀。』
『雪地松松软软的，
摔倒也不疼。』
『嗯？』
『啊！』
『用来装饰的星星，
挂在了高处！』
『嗨，嗨，
不行，怎么也够不到。』
啪嗒啪嗒啪嗒。

「亮闪闪的。」
「是小星星，
亮晶晶的！」

「小休，
谢谢你的小星星。」
「哎？
嗯……」
「在那儿，在那儿，小休。
你怎么了？」

听完小休说的，
阿兜想了想。
「原来是这样。
那大家干脆就
在这里开
圣诞派对好了。」
「哇啊，
同意——」
蜡烛

在灿烂的星空下，大家唱起了祝贺圣诞快乐的歌。

一个美丽的冬日夜晚。

消失了的橘子

『哎？橘子一个也没有了。』
『刚才还那么多呢……』
『小休，你知道橘子哪里去了吗？』
橘子
橘子
『不知道。』
『好奇怪啊，哪里都没有。』
『其实是我今天早上……
堆了雪人之后，埋在雪人的肚子里面了。』

「冰冻橘子，应该已经好了吧？」
「我要一个人全部吃掉！」
哒哒哒。

「哎？」
「我堆的雪人，是哪个来着？」
「要堆好多好多雪人。」
「哇啊——」

暖洋洋！
暖洋洋！

「越来越暖和了。」
「雪人会化的。」
「啊！哥哥，你快来看哪！」

「雪人的肚子化了，掉出来好多好多橘子。」
「太不可思议了。吃橘子啦！」
「啊，等等！这些橘子是……」
「橘子怎么了，小休？」

『没……没什么……』

小兔哥哥说：
『有好多呢，
给，请拿去吃吧。
大家一起吃吧。』

『成了冰冻橘子！
嚓嚓嚓，沙沙沙。』

『哇啊！
好好吃。』

一个冰雪融化的
温暖日子。

春天的海边

今天大家一起来采摘海藻，

可小休……

『我肚子饿了，吃饭团吧。』

『不行不行，还不到吃午饭的时间呢。把饭团放在那里，小休也去采摘海藻吧。』

「采摘海藻，
好无聊……
啊，螃蟹！」
扑通——
「抓住了！」
漂啊漂。
漂啊漂。
「哎呀。」
「饭团！」
漂啊漂。
漂啊漂。

咣咣！
咣咣！
漂啊漂。
『哎呀？』
『有什么东西漂过来了。』
『哇，是饭团！』
『真好吃，真好吃！』
啊呜！
啊呜！
啊呜！
『全吃光了。』

『呜！午饭的饭团被冲走了！肚子饿得咕咕叫了！』
『哎？』

『原来是小休他们的午饭啊。』
『我们闯祸了。』

「没办法，把采摘来的海藻煮煮吃了吧。」
「能吃饱吗……」
咕——
刺溜溜溜溜。
「喂——你们好——」
「请吃这个吧。」
「我们把饭团都吃光了，所以你们……」
「为表示谢意，我们送来了海里的礼物。」
「哇啊——」

『刚刚捕到的鱼，
太好吃了！』
『小海獭，
谢谢你们了。』

大家在优美的海边，
饱饱地吃了
一顿午饭。

夏日的黄昏

大家一起吃西瓜了。

『啊，真好吃。吃了好多。』

『小休，回屋里去吧。』

「啊。」
叭嗒叭嗒叭嗒。
世界上的
吸血鬼的同类
吸血蝙蝠
猛扑过来
吸血
「一直在那里呢。」
「怎么办啊……」
「不好了。
吸血蝙蝠飞
来了！」

「它们是来吸大家的血的，吸不到血，肯定不会回去的！」
「好吧，那就把西瓜榨成汁……」
「给，是血哟……」
「啊！」
「在吸，在吸呢。」
滋——
滋——
滋——

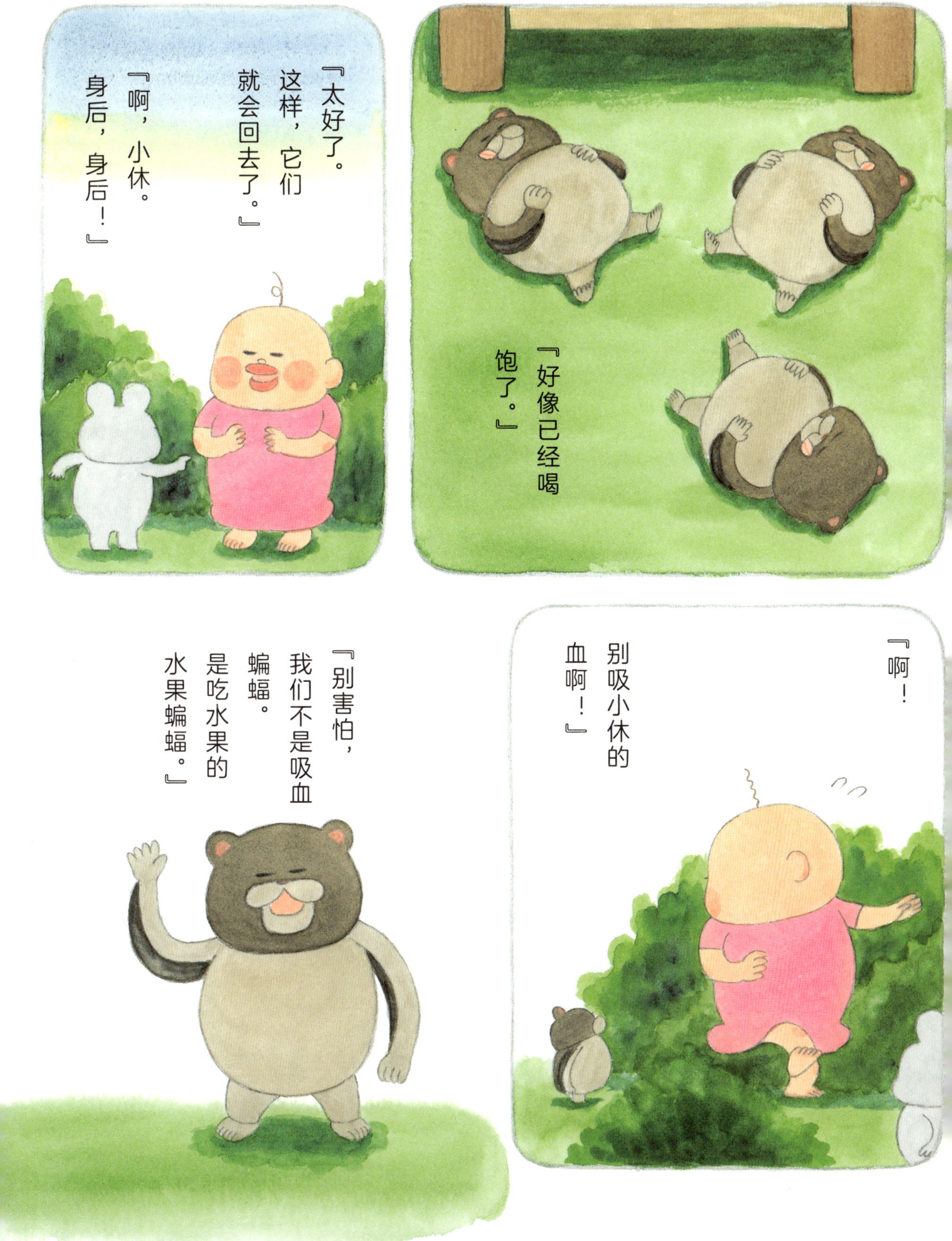
「好像已经喝饱了。」
「太好了。这样，它们就会回去了。」
「啊，小休。身后，身后！」
「啊！别吸小休的血啊！」
「别害怕，我们不是吸血蝙蝠。是吃水果的水果蝙蝠。」

『因为我们闻到了好闻的水果味道，所以就飞来了。这是什么呀？』
『是西瓜。刚才的果汁也是西瓜汁。』
『是吗？多么美味的水果啊，好想让我的伙伴们也尝尝。』

于是，大家带着西瓜，朝蝙蝠的洞穴走去。
叭嗒，叭嗒，叭嗒。
『这边。』

『请尝尝这个吧。
这是我们经常吃的
森林里的水果。』

『哇，甜甜酸酸的，
果汁很多。
很好吃啊！』

夏日里一个
微风舒适的黄昏。

圣诞老人的礼物

圣诞节的早晨。

『哈啊——早上好。

昨天夜里，圣诞老人来了吗？

礼物是什么呢？』

『啊，小休，不好了！』

唰啦唰啦唰啦。

『今年的礼物，

只有这么一封信。』

『哎?!』

这就是圣诞老人的信。

越过原野，跨过小河，
拾起苹果，
到绿色的森林里，
闻一闻花香，再往前走，
就可以看到白色的记号。
在有一棵大树的地方，
有愉快的事情在等待着你们呢。

圣诞老人

携带物品
○草莓（满满一大篮子）
○鸡蛋（一小篮子）
○奶油（三瓶）
○装苹果的篮子

『好，带齐了东西，去看看。』

越过原野，跨过小河，大家来到了森林边上。
『苹果掉在地上。』
『从这里进森林。』

『嗯——好像有一股香味儿哟。』

『好像是烤蛋糕的香味。』

他们顺着香味儿飘来的方向走去……

『啊，白烟。那就是白色的记号啊！』

大家跟着白烟快步向前走去……

『哇，好大一棵冷杉树啊。』

『「在有一棵大树的地方」，就是这里吧？』

『哎哟哟，
这下麻烦了。』

『面粉的计量搞错了，
烤出了这么大一个
海绵蛋糕来。
用来装饰的草莓
和鲜奶油，
却只有这么
一点点……』
『哎？草莓和
鲜奶油？
草莓我们有的是，
鲜奶油和鸡蛋，
我们也带
来了……』

『搅拌搅拌，就可以做出很好吃的鲜奶油了哟。』
嘎嗒嘎嗒嘎嗒。
『再放些白糖吧。』
白糖
软乎乎的鲜奶油，做出了好多。
在海绵蛋糕上面涂了厚厚的一层，再摆上草莓……

一个大大的圣诞蛋糕，就做好了！
圣诞快乐
『做好了！』
『把森林里的朋友们都叫来吧！』

『圣诞老人的礼物原来是
森林里的圣诞派对啊。』
大家一起吃了好多好多
美味的蛋糕。
也祝书本前的你
圣诞快乐。

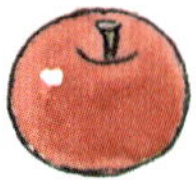

版权登记号 图字：19-2021-156 号

——
原版设计/名久井直子

图书在版编目（CIP）数据

美味王国的冒险 / (日) 工藤纪子绘、著 ; 周龙梅译. -- 深圳 : 海天出版社, 2022. 11
(工藤纪子幸福之旅系列)
ISBN 978-7-5507-3338-1

Ⅰ. ①美… Ⅱ. ①工… ②周… Ⅲ. ①儿童故事—图画故事—日本—现代 Ⅳ. ①I313.85

中国版本图书馆 CIP 数据核字 (2021) 第 233244 号

美味王国的冒险
MEIWEI WANGGUO DE MAOXIAN

出 品 人 聂雄前　　责任编辑 邱玉鑫 陈少扬
责任技编 陈洁霞　　责任校对 李 想　　装帧设计 王 佳

出版发行 海天出版社
地　　址 深圳市彩田南路海天综合大厦（518033）
网　　址 www.htph.com.cn
订购电话 0755-83460239（邮购、团购）
设计制作 米克凯伦（深圳）文化传媒有限公司
印　　刷 中华商务联合印刷（广东）有限公司
开　　本 787mm×1092mm 1/16
印　　张 3.5
字　　数 43 千
印　　数 1—5000 册
版　　次 2022 年 11 月第 1 版
印　　次 2022 年 11 月第 1 次
定　　价 46.00 元